Bonsái

Alejandro Zambra

Bonsái

Epílogo de Leila Guerriero

EDITORIAL ANAGRAMA
BARCELONA

Ilustración: © Jorge Mayet
Ilustración página 72: © Leslie Leppe

Primera edición en «Narrativas hispánicas»: 2006
Decimoctava edición en «Narrativas hispánicas»: mayo 2023

Diseño de la colección: Julio Vivas y Estudio A

ISBN: 978-84-339-9955-9
Depósito Legal: B. 8112-2022

Printed in Spain

Romanyà Valls, S. A.
Verdaguer, 1, 08786 Capellades (Barcelona)

Para Alhelí

Pasaban los años, y la única persona
que no cambiaba era la joven de su libro.

YASUNARI KAWABATA

El dolor se talla y se detalla.

GONZALO MILLÁN

I. Bulto

Al final ella muere y él se queda solo, aunque en realidad se había quedado solo varios años antes de la muerte de ella, de Emilia. Pongamos que ella se llama o se llamaba Emilia y que él se llama, se llamaba y se sigue llamando Julio. Julio y Emilia. Al final Emilia muere y Julio no muere. El resto es literatura:

La primera noche que durmieron juntos fue por accidente. Había examen de Sintaxis Española II, una materia que ninguno de los dos dominaba, pero como eran jóvenes y en teoría estaban dispuestos a todo, estaban dispuestos, incluso, a estudiar Sintaxis Española II en casa de las mellizas Vergara. El grupo de estudio resultó bastante más numeroso de lo previsto: alguien puso música, pues dijo que acostumbraba estudiar con música, otro trajo un vodka, argumentando que le era difícil concentrarse sin vodka, y un tercero fue a comprar naranjas, porque le parecía insufrible el vodka sin jugo de naranjas. A las tres de la mañana estaban perfectamente borrachos, de manera que decidieron irse a dormir. Aunque Julio hubiera preferido pasar la noche con alguna de las hermanas Vergara, se resignó con rapidez a compartir la pieza de servicio con Emilia.

A Julio no le gustaba que Emilia hiciera tantas preguntas en clase, y a Emilia le desagradaba que Julio aprobara los cursos a pesar de que casi no iba a la universidad, pero aquella noche ambos descubrieron las afinidades emotivas que con algo de voluntad cualquier pareja es capaz de descubrir. De más está decir que les fue pésimo en el examen. Una semana después, para el examen de segunda oportunidad, volvieron a estudiar con las Vergara y durmieron juntos de nuevo, aunque esta segunda vez no era necesario que compartieran pieza, ya que los padres de las mellizas habían viajado a Buenos Aires.

Poco antes de enredarse con Julio, Emilia había decidido que en adelante *follaría,* como los españoles, ya no haría el amor con nadie, ya no tiraría o se metería con alguien, ni mucho menos culearía o culiaría. Este es un problema chileno, dijo Emilia, entonces, a Julio, con una soltura que solo le nacía en la oscuridad, y en voz muy baja, desde luego: Este es un problema de los chilenos jóvenes, somos demasiado jóvenes para hacer el amor, y en Chile si no haces el amor solo puedes culear o culiar, pero a mí no me gustaría culiar o culear contigo, preferiría que folláramos, como en España.

Por entonces Emilia no conocía España. Años más tarde viviría en Madrid, ciudad donde follaría bastante, aunque ya no con Julio, sino, fundamentalmente, con Javier Martínez y con Ángel García Atienza y con Julián Alburquerque y hasta, pero solo una vez, y un poco obligada, con Karolina Kopeć, su amiga polaca. Esta noche, esta segunda noche, en cambio, Julio se transformó en el segundo compañero sexual de la vida de Emilia, en el, como con cierta hipocresía dicen las madres y las psicólogas, segundo hombre de Emilia, que a su vez pasó a ser la primera relación seria de Julio. Julio eludía las relaciones serias, se escondía no de las mujeres sino de la seriedad, ya que sabía que la seriedad era tanto o más peligrosa que las mujeres. Julio sabía que estaba condenado a la seriedad, e intentaba, tercamente, torcer su destino serio, pasar el rato en la estoica espera de aquel espantoso e inevitable día en que la seriedad llegaría a instalarse para siempre en su vida.

El primer pololo de Emilia era torpe, pero había autenticidad en su torpeza. Cometió muchos errores y casi siempre supo reconocerlos y enmendarlos, pero hay errores imposibles de enmendar, y el torpe, el primero, cometió uno o dos de esos errores imperdonables. Ni siquiera vale la pena mencionarlos.

Ambos tenían quince años cuando comenzaron a salir, pero para cuando Emilia cumplió dieciséis y diecisiete el torpe siguió teniendo quince. Y así: Emilia cumplió dieciocho y diecinueve y veinticuatro, y él quince; veintisiete, veintiocho, y él quince, todavía, hasta los treinta de ella, pues Emilia no siguió cumpliendo años después de los treinta, y no porque a partir de entonces decidiera empezar a restarse la edad, sino debido a que pocos días después de cumplir treinta años Emilia murió, y entonces ya no volvió a cumplir años porque comenzó a estar muerta.

El segundo pololo de Emilia era demasiado blanco. Con él descubrió el andinismo, los paseos en bicicleta, el jogging y el yogur. Fue, en especial, un tiempo de mucho yogur, y esto, para Emilia, resultó importante, porque venía de un periodo de mucho pisco, de largas y enrevesadas noches de pisco con cocacola y de pisco con limón, e incluso de pisco solo, seco, sin hielo. Se manosearon mucho pero no llegaron al coito, porque él era muy blanco y eso a Emilia le producía desconfianza, a pesar de que ella misma era muy blanca, casi completamente blanca, de pelo corto y negrísimo, eso sí.

El tercero era, en realidad, un enfermo. Desde un principio ella supo que la relación estaba condenada al fracaso, pero aun así duraron un año y medio, y fue su primer compañero sexual, su primer hombre, a los dieciocho de ella, a los veintidós de él.

Entre el tercero y el cuarto hubo varios amores de una noche más bien estimulados por el aburrimiento.

El cuarto fue Julio.

Atendiendo a una arraigada costumbre familiar, la iniciación sexual de Julio fue pactada, en diez mil pesos, con Isidora, con la prima Isidora, que desde luego no se llamaba Isidora ni era prima de Julio. Todos los hombres de la familia habían pasado por Isidora, una mujer aún joven, de milagrosas caderas y cierta propensión al romanticismo, que accedía a atenderlos, aunque ya no era lo que se dice una puta, una puta-puta: ahora, y esto procuraba siempre dejarlo en claro, trabajaba como secretaria de un abogado.

A los quince años Julio conoció a la prima Isidora, y siguió conociéndola durante los años siguientes, en calidad de regalo especial, cuando insistía lo suficiente, o cuando la brutalidad de su padre amainaba y, por consiguiente, venía el periodo conocido como periodo de arrepentimiento del padre, y enseguida el periodo de culpa del padre, cuya más afortunada consecuencia era el desprendimiento económico. De más está decir que Julio tendió a enamorarse de Isidora, que la quiso, y que ella, fugazmente enternecida por el joven lector que se vestía de negro, lo trataba mejor que a los otros convidados, lo consentía, lo educaba, en cierto modo.

Solo a los veinte años Julio comenzó a frecuentar con intenciones sociosexuales a mujeres de su edad, con éxito escaso pero suficiente como para decidirse a dejar a Isidora. A dejarla, desde luego, del mismo modo que se deja de fumar o de apostar en carreras de caballos. No fue fácil, pero meses antes de aquella segunda noche con Emilia, Julio ya se consideraba a salvo del vicio.

Aquella segunda noche, entonces, Emilia compitió con una rival única, aunque Julio nunca llegó a compararlas, en parte porque no había comparación posible y también debido a que Emilia pasó a ser, oficialmente, el único amor de su vida, e Isidora, apenas, una antigua y agradable fuente de diversión y de sufrimiento. Cuando Julio se enamoró de Emilia toda diversión y todo sufrimiento previos a la diversión y al sufrimiento que le deparaba Emilia pasaron a ser simples remedos de la diversión y del sufrimiento verdaderos.

La primera mentira que Julio le dijo a Emilia fue que había leído a Marcel Proust. No solía mentir sobre sus lecturas, pero aquella segunda noche, cuando ambos sabían que comenzaban algo, y que ese algo, durara lo que durara, iba a ser importante, aquella noche Julio impostó la voz y fingió intimidad, y dijo que sí, que había leído a Proust, a los diecisiete años, un verano, en Quintero. Ya nadie de la familia veraneaba ahí, ni siquiera los padres de Julio, que se habían conocido en la playa de El Durazno, iban a Quintero, una ciudad hermosa, pero que ahora, según ellos, invadida por el lumpen, ya no era lo que fue. A los diecisiete años se había conseguido la casa de sus abuelos para encerrarse a leer *En busca del tiempo perdido,* dijo Julio, y era mentira, desde luego: había ido a Quintero aquel verano, y había leído mucho, pero a Jack Kerouac, a Heinrich Böll, a

Vladimir Nabokov, a Truman Capote y a Enrique Lihn, no a Marcel Proust.

Esa misma noche Emilia le mintió por primera vez a Julio, y la mentira fue, también, que había leído a Marcel Proust. En un comienzo se limitó a asentir: Yo también leí a Proust. Pero luego hubo una pausa larga de silencio, que no era un silencio incómodo sino expectante, de manera que Emilia tuvo que completar el relato: Fue el año pasado, recién, me demoré unos cinco meses, andaba atareada, como sabes, con los ramos de la universidad. Pero me propuse leer los siete tomos y la verdad es que esos fueron los meses más importantes de mi vida como lectora.

Usó esa expresión: mi vida como lectora, dijo que aquellos habían sido, sin duda, los meses más importantes de su vida como lectora.

En la historia de Emilia y Julio, en todo caso, hay más omisiones que mentiras, y menos omisiones que verdades, verdades de esas que se llaman absolutas y que suelen ser incómodas. Con el tiempo, que no fue mucho pero fue bastante, se confidenciaron sus menos públicos deseos y aspiraciones, sus sentimientos fuera de proporción, sus breves y exageradas vidas. Julio le confió a Emilia asuntos que solo debería haber conocido el psicólogo de Julio, y Emilia, a su vez, convirtió a Julio en una especie de cómplice retroactivo de cada una de las decisiones que había tomado a lo largo de su vida. Aquella vez, por ejemplo, cuando decidió que odiaba a su madre, a los catorce años: Julio la escuchó atentamente y opinó que sí, que Emilia, a los catorce años, había decidido bien, que no había otra decisión posible, que él habría hecho lo mismo, y, por cierto, que si entonces, a los catorce, hubieran estado juntos, de seguro él la habría apoyado.

La de Emilia y Julio fue una relación plagada de verdades, de revelaciones íntimas que constituyeron rápidamente una complicidad que ellos quisieron entender como definitiva. Esta es, entonces, una historia liviana que se pone pesada. Esta es la historia de dos estudiantes aficionados a la verdad, a dispersar frases que parecen verdaderas, a fumar cigarros eternos, y a encerrarse en la violenta complacencia de los que se creen mejores, más puros que el resto, que ese grupo inmenso y despreciable que se llama *el resto*.

Rápidamente aprendieron a leer lo mismo, a pensar parecido, y a disimular las diferencias. Muy pronto conformaron una vanidosa intimidad. Al menos por aquel tiempo, Julio y Emilia consiguieron fundirse en una especie de bulto. Fueron, en suma, felices. De eso no cabe duda.

II. Tantalia

Siguieron, desde entonces, follando, en casas prestadas y en moteles de sábanas que olían a pisco sour. Follaron durante un año y ese año les pareció breve, aunque fue larguísimo, fue un año especialmente largo, después del cual Emilia se fue a vivir con Anita, su amiga de la infancia.

Anita no simpatizaba con Julio, pues lo consideraba engreído y depresivo, pero igualmente tuvo que admitirlo a la hora del desayuno y hasta, una vez, quizás para demostrarse a sí misma y a su amiga que en el fondo Julio no le desagradaba, le preparó huevos a la copa, que era el desayuno favorito de Julio, el huésped permanente del estrecho y más bien inhóspito departamento que compartían Emilia y Anita. Lo que a Anita le molestaba de Julio era que le había cambiado a su amiga:

Me cambiaste a mi amiga. Ella no era así.
¿Y tú siempre has sido así?
¿Así cómo?
Así, como eres.

Emilia intervino, conciliadora y comprensiva. ¿Qué sentido tiene estar con alguien si no te cambia la vida? Eso dijo, y Julio estaba presente cuando lo dijo: que la vida solo tenía sentido si encontrabas a alguien que te la cambiara, que destruyera tu vida. A Anita le pareció una teoría dudosa, pero no la discutió. Sabía que cuando Emilia hablaba en ese tono era absurdo contradecirla.

Las rarezas de Julio y Emilia no eran solo sexuales (que las había), ni emocionales (que abundaban), sino también, por así decirlo, literarias. Una noche especialmente feliz, Julio leyó, a manera de broma, un poema de Rubén Darío que Emilia dramatizó y banalizó hasta que quedó convertido en un verdadero poema sexual, un poema de sexo explícito, con gritos, con orgasmos incluidos. Devino entonces en una costumbre esto de leer en voz alta –en voz baja– cada noche, antes de follar. Leyeron *El libro de Monelle*, de Marcel Schwob, y *El pabellón de oro,* de Yukio Mishima, que les resultaron razonables fuentes de inspiración erótica. Sin embargo, muy pronto las lecturas se diversificaron notoriamente: leyeron *Un hombre que duerme* y *Las cosas,* de Perec, varios cuentos de Onetti y de Raymond Carver, poemas de Ted Hughes, de Tomas Tranströmer, de Armando Uribe y de Kurt Folch. Hasta fragmentos de Nietzsche y de Émile Cioran leyeron.

Un buen o un mal día el azar los condujo a las páginas de la *Antología de la literatura fantástica* de Borges, Bioy Casares y Silvina Ocampo. Después de imaginar bóvedas o casas sin puertas, después de inventariar los rasgos de fantasmas innombrables, recalaron en «Tantalia», un breve relato de Macedonio Fernández que los afectó profundamente.

«Tantalia» es la historia de una pareja que decide comprar una plantita para conservarla como símbolo del amor que los une. Tardíamente se dan cuenta de que si la plantita se muere, con ella también morirá el amor que los une. Y que como el amor que los une es inmenso y por ningún motivo están dispuestos a sacrificarlo, deciden perder la plantita entre una multitud de plantitas idénticas. Luego viene el desconsuelo, la desgracia de saber que ya nunca podrán encontrarla.

Ella y él, los personajes de Macedonio, tuvieron y perdieron una plantita de amor. Emilia y Julio –que no son exactamente personajes, aunque tal vez conviene pensarlos como personajes– llevan varios meses leyendo antes de follar, es

28

muy agradable, piensa él y piensa ella, y a veces lo piensan al mismo tiempo: es muy agradable, es bello leer y comentar lo leído un poco antes de enredar las piernas. Es como hacer gimnasia.

No siempre les resulta sencillo encontrar en los textos algún motivo, por mínimo que sea, para follar, pero finalmente consiguen aislar un párrafo o un verso que caprichosamente estirado o pervertido les funciona, los calienta. (Les gustaba esa expresión, calentarse, por eso la consigno. Les gustaba casi tanto como calentarse.)

Pero esta vez fue distinto:

Ya no me gusta Macedonio Fernández, dijo Emilia, que armaba las frases con inexplicable timidez, mientras acariciaba el mentón y parte de la boca de Julio.

Y Julio: A mí tampoco. Me divertía, me gustaba mucho, pero ya no. Macedonio no.

En voz muy baja habían leído el cuento de Macedonio y en voz baja seguían hablando:

Es absurdo, como un sueño.
Es que *es* un sueño.
Es una estupidez.
No te entiendo.
Nada, que es absurdo.

Aquella debería haber sido la última vez que Emilia y Julio follaron. Pero siguieron, a pesar de los continuos reclamos de Anita y de la insólita molestia que les había producido el cuento de Macedonio. Quizás para aquilatar la decepción, o simplemente para cambiar de tema, desde entonces recurrieron exclusivamente a clásicos. Discutieron, como todos los diletantes del mundo han discutido alguna vez, los primeros capítulos de *Madame Bovary*. Clasificaron a sus amigos y conocidos según fueran como Charles o como Emma, y discutieron también si ellos mismos eran comparables a la trágica familia Bovary. En la cama no había problema, ya que ambos se esmeraban por parecer Emma, por ser como Emma, por follar como Emma, pues sin lugar a dudas, creían ellos, Emma follaba inusitadamente bien, e incluso hubiera follado mejor en las condiciones actuales; en Santiago de Chile, a fines del siglo XX, Emma hubiera follado aún mejor que en el libro. La pieza, esas noches, se convertía en un carruaje blindado que se conducía solo, a tientas, por una ciudad hermosa e irreal. El resto, el pueblo, murmuraba celosamente detalles del romance escandaloso y fascinante que ocurría puertas adentro.

Pero en los demás aspectos no llegaban a acuerdo. No lograban decidir si ella actuaba como Emma y él como Charles, o más bien eran ambos los que, sin quererlo, hacían de Charles. Ninguno de los dos quería ser Charles, nunca nadie quiere hacer de Charles siquiera por un rato.

Cuando faltaban apenas cincuenta páginas, abandonaron la lectura, confiados, acaso, en que podrían refugiarse, ahora, en los relatos de Antón Chéjov.

Les fue pésimo con Chéjov, un poco mejor, curiosamente, con Kafka, pero, como se dice, el daño ya estaba hecho. Desde que leyeron «Tantalia» el desenlace era inminente y por supuesto ellos imaginaban y hasta protagonizaban escenas que hacían más bello y más triste, más inesperado ese desenlace.

Fue con Proust. Habían postergado la lectura de Proust, debido al secreto inconfesable que, por separado, los unía a la lectura –o a la no lectura– de *En busca del tiempo perdido*. Ambos tuvieron que fingir que la lectura en común era en rigor una anhelada relectura, de manera que cuando llegaban a alguno de los numerosos pasajes que parecían especialmente memorables cambiaban la inflexión de la voz o se miraban reclamando emoción, simulando la mayor intimidad. Julio, incluso, en una ocasión se permitió afirmar que solo ahora sentía realmente que estaba leyendo a Proust, y Emilia le respondió con un sutil y desconsolado apretón en la mano.

Como eran inteligentes, pasaron de largo por los episodios que sabían célebres: el mundo se emocionó con esto, yo me emocionaré con esto otro. Antes de comenzar a leer, como medida precautoria, habían convenido lo difícil que era para un lector de *En busca del tiempo perdido* recapitular su experiencia de lectura: es uno de esos libros que incluso después de leerlos uno considera pendientes, dijo Emilia. Es uno de esos libros que vamos a releer siempre, dijo Julio.

Quedaron en la página 373 de *Por el camino de Swann,* específicamente en la siguiente frase:

No por saber una cosa se la puede impedir; pero siquiera las cosas que averiguamos las tenemos, si no entre las manos, al menos en el pensamiento, y allí están a nuestra disposición, lo cual nos inspira la ilusión de gozar sobre ellas una especie de dominio.

Es posible pero quizás sería abusivo relacionar este fragmento con la historia de Julio y Emilia. Sería abusivo, pues la novela de Proust está plagada de fragmentos como este. Y también porque quedan páginas, porque esta historia continúa.

O no continúa.

La historia de Julio y Emilia continúa pero no sigue.

Va a terminar unos años más tarde, con la muerte de Emilia; Julio, que no muere, que no morirá, que no ha muerto, continúa pero decide no seguir. Lo mismo Emilia: por ahora decide no seguir pero continúa. Dentro de algunos años ya no continuará y ya no seguirá.

No por saber una cosa se la puede impedir, pero es difícil renunciar a las ilusiones, y esta historia, que viene siendo una historia de ilusiones, sigue así:

Ambos sabían que, como se dice, el final ya estaba escrito, el final de ellos, de los jóvenes tristes que leen novelas juntos, que despiertan con libros perdidos entre las frazadas, que fuman mucha marihuana y escuchan canciones que no son las mismas que prefieren por separado (de Ella Fitzgerald, por ejemplo: son conscientes de que a esa edad aún es lícito haber descubierto recién a Ella Fitzgerald). La fantasía de ambos era al menos terminar a Proust, estirar la cuerda por siete tomos y que la última palabra (la palabra Tiempo) fuera también la última palabra prevista entre ellos. Duraron leyendo, lamentablemente, poco más de un mes, a razón de diez páginas por día. Quedaron en la página 373, y el libro permaneció, desde entonces, abierto.

III. Préstamos

Primero fue Timothy, un muñeco de arroz vagamente parecido a un elefante. Anita durmió con Timothy, peleó con Timothy, le dio de comer y hasta lo bañó antes de devolvérselo a Emilia una semana después. Por entonces ambas tenían cuatro años. Semana por medio los padres de las niñas se ponían de acuerdo para que ellas se juntaran y a veces pasaban sábado y domingo jugando al pillarse, a imitar voces, a pintarse la cara con pasta de dientes.

Luego fue la ropa. A Emilia le gustaba el buzo burdeos de Anita, Anita le pidió a cambio la polera de Snoopy, y así comenzó un sólido comercio que con los años acabó volviéndose caótico. A los ocho fue un libro para hacer origamis el que Anita le devolvió algo estropeado en los bordes a su amiga. Entre los diez y los doce hicieron turnos quincenales para comprar la revista *Tú*, e intercambiaron cassettes de Miguel Bosé, Duran Duran, Álvaro Scaramelli y el grupo Nadie.

A los catorce Emilia le dio un beso en la boca a Anita, y Anita no supo cómo reaccionar. Dejaron de verse durante unos meses. A los diecisiete Emilia volvió a besarla y esta vez el beso fue un poco más largo. Anita se rió y le dijo que si volvía a hacerlo le respondería con una cachetada.

A los diecisiete años Emilia entró a estudiar literatura a la Universidad de Chile, porque era el sueño de toda su vida. Anita, desde luego, sabía que estudiar literatura no era el sueño de la vida de Emilia, sino un capricho directamente relacionado con su lectura reciente de Delmira Agustini. El sueño de Anita, en cambio, era perder unos cuantos kilos, lo que no la llevó, claro está, a estudiar nutrición o educación física. Por lo pronto se matriculó en un curso intensivo de inglés, y siguió varios años estudiando aquel curso intensivo de inglés.

A los veinte años Emilia y Anita se fueron a vivir juntas. Anita llevaba seis meses viviendo sola, ya que su madre recientemente había formalizado una relación, por lo que se merecía —eso fue lo que le dijo a su hija— la oportunidad de comenzar desde cero. Comenzar desde cero significaba comenzar sin hijos y, probablemente, continuar sin hijos. Pero en este relato la madre de Anita y Anita no importan, son personajes secundarios. La que importa es Emilia, que aceptó gustosa el ofrecimiento de vivir con Anita, seducida, en especial, por la posibilidad de follar a sus anchas con Julio.

Anita descubrió que estaba embarazada dos meses antes de que la relación de su amiga con Julio se disolviera del todo. El padre –el *responsable,* se decía entonces– era un estudiante de último año de derecho de la Universidad Católica, cuestión que ella enfatizaba, probablemente porque hacía más decoroso su descuido. Aunque se conocían desde hacía poco, Anita y el futuro abogado decidieron casarse, y Emilia fue la testigo de la ceremonia. Durante la fiesta, un amigo del novio quiso besar a Emilia mientras bailaban cumbia, pero ella lo esquivó y le dijo que no le gustaba ese tipo de música.

A los veintiséis Anita ya era madre de dos niñas y su marido se debatía entre la posibilidad de comprar una camioneta y la vaga tentación de tener un tercer hijo *(para cerrar la fábrica,* decía, con un énfasis que pretendía ser gracioso, y que quizás lo era, ya que la gente solía reírse con el comentario). Así de bien les iba.

El marido de Anita se llamaba Andrés, o Leonardo. Quedemos en que su nombre era Andrés y no Leonardo. Quedemos en que Anita estaba despierta y Andrés semidormido y las dos niñas durmiendo la noche en que imprevistamente llegó Emilia a visitarlos.

Eran casi las once de la noche. Anita hizo lo posible por distribuir con justicia el poco whisky que quedaba y Andrés tuvo que ir corriendo a comprar a un almacén cercano. Regresó con tres paquetes chicos de papas fritas.

¿Por qué no trajiste un paquete grande?

Porque no quedaban paquetes grandes.

¿Y no se te ocurrió, por ejemplo, traer cinco paquetes chicos?

No quedaban cinco paquetes chicos. Quedaban tres.

Emilia pensó que quizás no había sido una buena idea llegar de improviso a ver a su amiga. Mientras duró la escaramuza, tuvo que concentrarse en un enorme sombrero mexicano que gobernaba la sala. Estuvo a punto de retirarse, pero el motivo era urgente: en el colegio había dicho que era casada. Para conseguir trabajo como profesora de castellano había dicho que era casada. El problema era que a la noche siguiente tenía una fiesta con sus compañeros de trabajo y era ineludible que su esposo la acompañara. Después de tantas poleras y discos y libros y hasta sostenes con relleno, no sería tan grave que me prestaras a tu marido, dijo Emilia.

Todos los colegas querían conocer a Miguel. Y Andrés perfectamente podía pasar por Miguel. Había dicho que Miguel era gordo, moreno y simpático, y Andrés era, al menos, muy moreno y muy gordo. Simpático no era, eso lo pensó desde la primera vez que lo vio, hacía ya varios años. Anita también era gorda y bellísima, o al menos tan bella como puede llegar a ser una mujer tan gorda, pensaba Emilia, algo envidiosa. Emilia era más bien tosca y muy flaca, Anita era gorda y linda. Anita dijo que no tenía inconveniente en prestar a su marido por un rato.

Siempre que me lo devuelvas.
Eso tenlo por seguro.

Rieron de buena gana, mientras Andrés intentaba capturar los últimos pedazos de papas fritas de su paquete. Durante la adolescencia habían sido muy cuidadosas respecto a los hom-

42

bres. Antes de involucrarse en cualquier cosa Emilia llamaba a Anita, y viceversa, para formular las preguntas de rigor. ¿Estás segura de que no te gusta? Segura, no seas enrollada, hueona.

Al principio Andrés se mostró reticente, pero terminó cediendo, al fin y al cabo podía llegar a ser divertido.

¿Sabes por qué al ron con cocacola lo llaman cuba libre?

No, respondió Emilia, un poco cansada y con muchas ganas de que la fiesta terminara.

¿De verdad no lo sabes? Es como obvio: el ron es Cuba y la cocacola los Estados Unidos, la libertad. ¿Cachái?

Yo me sabía otra historia.

¿Cuál historia?

Me la sabía, pero se me olvidó.

Andrés ya llevaba varias anécdotas por el estilo, lo que hacía difícil no encontrarlo insoportable. Se esforzaba tanto en lograr que los compañeros de Emilia no adivinaran la farsa, que hasta se había permitido hacerla callar. Se supone que un marido, se dijo entonces Emilia, hace callar a su esposa. Andrés hace callar a Anita cuando piensa que ella debe callarse. Entonces no está mal que Miguel haga callar a su esposa si piensa que debe callarse. Y como yo soy la esposa de Miguel debo callarme.

Así, en silencio, siguió Emilia durante el resto de la velada. Ahora no solo nadie dudaría de que estaba casada con Miguel, sino que además a sus colegas no les sorprendería tanto una crisis conyugal de, digamos, un par de semanas, y una repentina pero justificada separación. Nada más: ni llamadas, ni amigos en común, nada. Sería fácil matar a Miguel. Corté con él de raíz, se imaginaba diciéndoles.

Andrés detuvo el auto y consideró necesario redondear la noche comentándole a Emilia que había sido una fiesta muy entretenida y que de verdad no le molestaría seguir asistiendo a esas reuniones. Es gente simpática y con ese vestido calipso te ves preciosa.

El vestido era turquesa, pero ella no quiso corregirlo. Estaban frente al departamento de Emilia y era temprano todavía. Él venía muy borracho, ella también había bebido lo suyo, y tal vez por eso de pronto no le pareció tan horroroso que Andrés –que Miguel– se demorara un rato entre una y otra palabra. Pero esos pensamientos fueron violentamente interrumpidos en el momento en que se imaginó a su voluminoso compañero de auto penetrándola. Asqueroso, pensó, justo cuando Andrés se acercó más de la cuenta y apoyó su mano izquierda en el muslo derecho de Emilia.

Ella quiso bajarse del auto y él no estuvo de acuerdo. Le dijo estás borracho y él le respondió que no, que no era el alcohol, que desde hacía mucho tiempo la miraba con otros ojos. Es increíble, pero eso dijo: «Desde hace mucho tiempo que te miro con otros ojos.» Intentó besarla y ella le respondió con un puñetazo en la boca. De la boca de Andrés salió sangre, mucha sangre, una cantidad escandalosa de sangre.

Las dos amigas no volvieron a verse largo tiempo después de aquel incidente. Anita nunca se enteró con precisión de lo que había ocurrido, pero algo alcanzó a suponer, algo que en principio no le gustó y que luego le produjo indiferencia, puesto que Andrés le interesaba cada vez menos.

No hubo auto ni tercer hijo o hija, sino dos años de calculado silencio y una separación dentro de todo bastante amable, que con el tiempo condujo a que Andrés se conceptualizara a sí mismo como un excelente padre separado. Las niñas se alojaban en su casa fin de semana por medio y pasaban, también, todo el mes de enero junto a él, en Maitencillo. Anita aprovechó uno de esos veranos para ir a visitar a Emilia. Su culposa madre le había ofrecido varias veces financiar el viaje, y aunque le costó aceptar que iba a estar tan lejos de las niñitas, se dejó vencer por la curiosidad.

Fue a Madrid, pero no fue a Madrid. Fue a buscar a Emilia, de quien había perdido completamente el rastro. Se le hizo muy difícil conseguir la dirección de la calle del Salitre y un número de teléfono que a Anita le pareció curiosamente largo. Una vez en Barajas estuvo a punto de discar aquel número, pero desistió, animada por un pueril atavismo a las sorpresas.

No era bello Madrid, al menos para Anita, para la Anita que aquella mañana debió sortear a la salida del metro a un grupo de marroquíes que tramaban algo. En realidad eran ecuatorianos y colombianos, pero ella, que nunca en su vida había conocido a un marroquí, los pensó como marroquíes, pues recordaba que un señor había dicho hacía poco en la tele que los marroquíes eran el gran problema de España. Madrid le pareció una ciudad intimidante, hostil, de hecho le costó seleccionar a alguien confiable a quien preguntarle por la dirección que traía anotada. Hubo varios diálogos ambiguos desde que salió del metro hasta que por fin tuvo a Emilia frente a frente.

Has vuelto a usar ropa negra, fue lo primero que le dijo. Pero lo primero que le dijo no fue lo primero que pensó. Y es que pensó muchas cosas al ver a Emilia: pensó estás fea, estás deprimida,

48

pareces drogadicta. Comprendió que quizás no debería haber viajado. Observó con atención las cejas de Emilia, los ojos de Emilia. Ponderó, con desdén, el lugar: un piso muy pequeño, en franco desorden, absurdo, sobrepoblado. Pensó, o más bien sintió, que no quería escuchar lo que Emilia iba a contarle, que no deseaba saber lo que de todos modos parecía condenada a saber. No quiero saber por qué hay tanta mierda en este barrio, por qué te viniste a vivir a este barrio lleno de caca, repleto de miradas capciosas, de jóvenes raros, de señoras gordas que arrastran bolsas, y de señoras gordas que no arrastran bolsas pero caminan muy lento. Observó, de nuevo, con atención, las cejas de Emilia. Decidió que era mejor guardar silencio respecto a las cejas de Emilia.

Volviste a la ropa negra, Emilia.

Anita, tú estás igual.

Emilia sí dijo lo primero que pensó: estás igual. Estás igual, sigues siendo así, así como eres. Y yo sigo siendo asá, siempre he sido asá, y quizás ahora voy a contarte que en Madrid he llegado a ser aún más asá, completamente asá.

Consciente de los prejuicios de su amiga, Emilia le dijo a Anita que los dos hombres con los que vivía eran gays y eran pobres. Aquí los maricones se visten muy bien, le dijo, pero estos dos que vi-

49

ven conmigo, por desgracia, son más pobres que una rata. Anita no quiso quedarse a alojar. Buscaron juntas un hostal barato, y se podría decir que conversaron largo y tendido, aunque tal vez no; sería impropio decir que conversaron como antes, porque antes había confianza y ahora lo que las unía era más bien un sentimiento de incomodidad, de familiaridad culpable, de vergüenza, de vacío. Casi al finalizar la tarde, después de realizar algunos urgentes cálculos mentales, Anita tomó cuarenta mil pesetas, que era casi todo el dinero que llevaba consigo. Se las dio a Emilia, que lejos de resistirse sonrió con verdadera gratitud. Anita conocía de antes aquella sonrisa, que por dos segundos las reunió y luego las dejó solas, de nuevo, frente a frente, deseando, una, que durante el resto de la semana la turista se dedicara a los museos, a las tiendas Zara y a las tortitas con sirope, y prometiéndose, la otra, que no iba a pensar más en el uso que Emilia daría a sus cuarenta mil pesetas.

IV. Sobras

Gazmuri no importa, el que importa es Julio. Gazmuri ha publicado seis o siete novelas que en conjunto forman una serie sobre la historia chilena reciente. Casi nadie las ha comprendido bien, salvo quizás Julio, que las ha leído y releído varias veces.

¿Cómo es que Gazmuri y Julio llegan a juntarse?

Sería excesivo decir que se juntan.

Pero sí: un sábado de enero Gazmuri espera a Julio en un café de Providencia. Acaba de poner el punto final a una nueva novela: cinco cuadernos Colón enteramente manuscritos. Tradicionalmente es su esposa la encargada de transcribir sus cuadernos, pero esta vez ella no quiere, está cansada. Está cansada de Gazmuri, lleva semanas sin hablarle, por eso Gazmuri se ve agotado y descuidado. Pero la esposa de Gazmuri no importa, Gazmuri mismo importa muy poco. El viejo llama, entonces, a su amiga Natalia y su amiga Natalia le dice que está muy ocupada como para transcribir la novela, pero le recomienda a Julio.

¿Escribes a mano? Nadie escribe a mano hoy en día, observa Gazmuri, que no espera la respuesta de Julio. Pero Julio responde, responde que no, que casi siempre usa el computador.

Gazmuri: Entonces no sabes de qué hablo, no conoces la pulsión. Hay una pulsión cuando escribes en papel, un ruido del lápiz. Un equilibrio raro entre el codo, la mano y el lápiz.

Julio habla, pero no se escucha lo que habla. Alguien debería subirle el volumen. La voz carraspeada e intensa de Gazmuri, en cambio, retumba, funciona:

¿Tú escribes novelas, esas novelas de capítulos cortos, de cuarenta páginas, que están de moda?

Julio: No. Y agrega, por decir algo: ¿Usted me recomienda escribir novelas?

Mira las preguntas que haces. No te recomiendo nada, no le recomiendo nada a nadie. ¿Crees que te cité aquí para darte consejos?

54

Es difícil conversar con Gazmuri, piensa Julio. Difícil pero agradable. Enseguida Gazmuri comienza a hablar derechamente solo. Habla sobre diversas conspiraciones políticas y literarias, y enfatiza, en especial, una idea: hay que cuidarse de los maquilladores de muertos. Estoy seguro de que a ti te gustaría maquillarme. Los jóvenes como tú se acercan a los viejos porque les gusta que seamos viejos. Ser joven es una desventaja, no una cualidad. Eso deberías saberlo. Cuando yo era joven me sentía en desventaja, y ahora también. Ser viejo también es una desventaja. Porque los viejos somos débiles y necesitamos no solo de los halagos de los jóvenes, necesitamos, en el fondo, de su sangre. Un viejo necesita mucha sangre, escriba o no escriba novelas. Y tú tienes mucha sangre. Tal vez lo único que te sobra, ahora que te miro bien, es sangre.

Julio no sabe qué responder. Lo salva una risa larga de Gazmuri, una risa que da a entender que al menos algo de lo que acaba de decir va en broma. Y Julio ríe con él; le hace gracia estar ahí, trabajando de personaje secundario. Quiere, en lo posible, mantenerse en ese rol, pero para mantenerse en ese rol de seguro debe decir algo, algo que lo haga cobrar relevancia. Un chiste, por ejemplo. Pero no le sale el chiste. No dice nada. Es Gazmuri quien dice:

En esta esquina ocurre algo muy importante para la novela que vas a transcribir. Por eso te cité aquí. Hacia el final de la novela, justo en esta esquina ocurre algo importante, esta es una esquina importante. A todo esto, ¿cuánto piensas cobrarme?

Julio: ¿Cien mil pesos?

En realidad Julio está dispuesto, incluso, a trabajar gratis, aunque no le sobra el dinero. Le parece un privilegio tomar café y fumar cigarros negros con Gazmuri. Ha dicho cien mil como antes ha dicho buenos días, maquinalmente. Y sigue escuchando, se queda un poco atrás de Gazmuri, le lleva el amén, aunque quisiera más bien escucharlo todo, absorber información, quedar, ahora, lleno de información:

Digamos que esta será mi novela más personal. Es bien distinta de las anteriores. Te la resumo un poco: él se entera de que una polola de juventud ha muerto. Como todas las mañanas, enciende la radio y escucha que en el obituario dicen el nombre de la mujer. Dos nombres y dos apellidos. Así empieza todo.

¿Todo qué?

Todo, absolutamente todo. Te llamo, entonces, tan pronto como tome una decisión.

¿Y qué más pasa?

Nada, lo de siempre. Que todo se va a la mierda. Te llamo, entonces, en cuanto tome una decisión.

Julio camina hacia su departamento visiblemente confundido. Quizás ha sido un error pedir cien mil pesos, aunque tampoco está seguro de que esa suma sea una cantidad importante para un sujeto como Gazmuri. Necesita el dinero, desde luego. Dos veces a la semana imparte clases de latín a la hija de un intelectual de derecha. Eso y el remanente de una tarjeta de crédito que le ha dado su padre constituyen todo su salario.

Vive en el piso subterráneo de un edificio en Plaza Italia. Cuando el calor lo atolondra, pasa el rato mirando por la ventana los zapatos de las personas. Aquella tarde, justo antes de girar la llave, se da cuenta de que viene llegando María, su vecina lesbiana. Ve sus zapatos, sus sandalias. Y espera, calcula las pisadas y el saludo al conserje, hasta que la siente venir y entonces se concentra en abrir la puerta: finge que no da con la llave, aunque en su llavero solo hay dos llaves. Parece que ninguna calza, dice en voz muy alta, mientras mira de reojo, y algo alcanza a ver. Ve el pelo largo y blanco de ella, que hace que su rostro parezca más oscuro de lo que es en realidad. Alguna vez han conversado sobre Severo Sarduy. Ella no es especialmente lectora, pero conoce muy bien la obra de Severo Sarduy. Tiene cuarenta o cuarenta y cinco años, vive sola, lee a Severo Sarduy: por eso, porque dos más dos son cuatro, Julio piensa que María es lesbiana. A Julio también le gusta Sarduy, en especial sus ensayos, por lo que siempre tiene tema de conversación con gays y lesbianas.

Esa tarde María luce menos sobria que de costumbre, con un vestido que raramente usa. Julio está a punto de hacérselo notar, pero se contiene, piensa que quizás a ella le desagradan ese tipo de comentarios. Para olvidar su entrevista con Gazmuri, la invita a tomar un café. Hablan de Sarduy, de *Cobra,* de *Cocuyo,* de *Big Bang,* de *Escrito sobre un cuerpo.* Pero también, y esto es nuevo, hablan de otros vecinos, y de política, de ensaladas extrañas, de blanqueadores de dientes, de complementos vitamínicos, y de una salsa de nueces que ella quiere que Julio pruebe algún día. Llega el momento en que se quedan sin tema y parece inevitable que cada uno vuelva a sus ocupaciones. María es profesora de inglés, pero trabaja en casa traduciendo manuales de software y equipos de sonido. Él le cuenta que acaba de conseguir un buen trabajo, un trabajo interesante, con Gazmuri, el novelista.

Nunca lo he leído, pero dicen que es bueno. Tengo un hermano en Barcelona que lo conoce. Compartieron el exilio, creo.

Y Julio: Mañana comienzo a trabajar con Gazmuri. Necesita a alguien que le transcriba su nueva novela, porque escribe en papel, y no le gustan los computadores.

¿Y cómo se llama la novela?

Él quiere que conversemos el título, que lo discutamos. Un hombre se entera por la radio de que un amor de juventud ha muerto. Ahí empieza todo, absolutamente todo.

¿Y cómo sigue?

Él nunca la olvidó, fue su gran amor. Cuando jóvenes cuidaban una plantita.

¿Una plantita? ¿Un bonsái?

Eso, un bonsái. Decidieron comprar un bonsái para simbolizar en él el amor inmenso que los unía. Después todo se va a la mierda, pero él nunca la olvida. Hizo su vida, tuvo hijos, se separó, pero nunca la olvidó. Un día se entera de que ella ha muerto. Entonces decide rendirle un homenaje. Todavía no sé en qué consiste ese homenaje.

Dos botellas de vino y luego sexo. Las escasas arrugas de ella de pronto parecen más visibles, a pesar de la penumbra de la pieza. Los movimientos de Julio son tardíos, María, en cambio, se adelanta un poco al guión, consciente de las indecisiones de Julio. El temblor cede un poco, ahora es más bien un estremecimiento acompasado y hasta sensato que conduce naturalmente al juego pélvico.

Por un momento Julio se detiene en la cabellera blanca de María: parece una tela fina pero deshilvanada, inmensamente frágil. Una tela que hay que acariciar con cuidado y con amor. Pero es difícil acariciar con cuidado y con amor: Julio prefiere bajar por el torso y levantar el vestido. Ella recorre las orejas de Julio, repasa la forma de la nariz, le arregla las patillas. Él piensa que debe chupar no lo que chuparía un hombre sino lo que chuparía esa mujer que él cree que ella imagina. Pero María interrumpe los pensamientos de Julio: Métemelo de una vez, le dice.

A las ocho de la mañana suena el teléfono. La señorita Silvia, de Editorial Planeta, me cobra cuarenta mil pesos por la transcripción, dice Gazmuri. Lo siento.

La sequedad de Gazmuri lo desconcierta. Son las ocho de la mañana de un día domingo, el teléfono acaba de despertarlo, la lesbiana o no lesbiana o exlesbiana que duerme a su lado comienza a desperezarse. Gazmuri le ha negado el trabajo, la señorita Silvia, de la editorial Planeta, por cuarenta mil pesos, hará el trabajo. Aunque María ni siquiera está tan despierta como para preguntar quién llamó o qué hora es, Julio responde:

Era Gazmuri, parece que se levanta temprano o está muy ansioso. Me llamó para confirmarme que esta misma tarde comenzaremos con *Bonsái.* Así se va a titular la novela: *Bonsái.*

Lo que sigue es algo así como un idilio. Un idilio que dura menos de un año, hasta que ella se va a Madrid. María se va a Madrid porque tiene que irse, pero sobre todo porque no tiene motivos para quedarse. Todas las minas se te van a Madrid, hubiera sido la broma de los amigos vulgares de Julio, pero Julio no tiene amigos vulgares, siempre se ha cuidado mucho de las amistades vulgares. En fin, en este relato ella no interesa. El que interesa es Julio:

Nunca la olvidó, dice Julio. Hizo su vida, tuvo hijos y todo, se separó, pero no la olvidó. Ella era traductora, igual que tú, pero de japonés. Se habían conocido cuando ambos estudiaban japonés, muchos años atrás. Cuando ella muere, él piensa que la mejor manera de recordarla es haciendo de nuevo un bonsái.

¿Y lo compra?

No, esta vez no lo compra, lo hace. Consigue manuales, consulta a los expertos, siembra las semillas, se vuelve medio loco.

María dice que es una historia rara.

Sí, es que Gazmuri escribe muy bien. Así como te la cuento parece una historia rara, melodramática incluso. Pero Gazmuri de seguro habrá sabido darle forma.

La primera reunión imaginaria con Gazmuri tiene lugar ese mismo domingo. Julio compra cuatro cuadernos Colón y se pasa la tarde escribiendo en un banco del Parque Forestal. Escribe frenéticamente, con una caligrafía fingida. Por la noche sigue trabajando en *Bonsái* y el lunes en la mañana ya ha terminado el primer cuaderno de la novela. Borronea algunos párrafos, derrama café e incluso esparce huellas de cenizas en el manuscrito.

A María: Es la mayor prueba para un escritor. En *Bonsái* prácticamente no pasa nada, el argumento da para un cuento de dos páginas, un cuento quizás no muy bueno.

¿Y cómo se llaman?

¿Los personajes? Gazmuri no les puso nombres. Dice que es mejor, y yo estoy de acuerdo: son Él y Ella, Huacho y Pochocha, no tienen nombres y a lo mejor tampoco tienen rostros. El protagonista es un rey o un mendigo, da lo mismo. Un rey o un mendigo que deja ir a la única mujer que realmente ha amado.

¿Y él aprendió a hablar japonés?

Se conocieron en un curso de japonés. La verdad es que todavía no lo sé, creo que eso está en el segundo cuaderno.

Durante los meses siguientes Julio dedica las mañanas a fingir la letra de Gazmuri y pasa las tardes frente al computador transcribiendo una novela que ya no sabe si es ajena o propia, pero que se ha propuesto terminar, terminar de imaginar, al menos. Piensa que el texto definitivo es el regalo de despedida perfecto o el único regalo posible para María. Y es lo que hace, termina el manuscrito y se lo regala a María.

Durante los días posteriores al viaje, Julio comienza varios mails urgentes que sin embargo quedan varados durante semanas en la carpeta de borrador. Finalmente se decide a enviarle el siguiente texto:

Me he acordado mucho de ti. Perdona, pero no había tenido tiempo para escribirte. Espero que hayas llegado bien.

Gazmuri quiere que sigamos trabajando juntos, aunque no me dice muy bien en qué. Imagino que en otra novela. La verdad es que no sé si quiero seguir soportando sus indecisiones, su tos, su carraspera, sus teorías. No he vuelto a hacer clases de latín. No es mucho más lo que puedo contarte. La próxima semana se lanza la novela. A última hora Gazmuri decidió titularla *Sobras*. No me parece un buen título, por eso estoy un poco enojado con Gazmuri, pero en fin, él es el autor.

Un abrazo, J.

Temeroso y confundido, Julio se dirige a la Biblioteca Nacional para presenciar el lanzamiento de *Sobras,* la verdadera novela de Gazmuri. Desde el fondo de la sala alcanza a divisar al autor, que asiente, de vez en cuando, con la cabeza, dando a entender que está de acuerdo con las observaciones de Ebensperger, el crítico encargado de la presentación. El crítico mueve con insistencia las manos para demostrar que está realmente interesado en la novela. La editora, por su parte, observa sin mayor disimulo el comportamiento del público.

Julio escucha solo a medias la presentación: el profesor Ebensperger alude a la valentía literaria y a la intransigencia artística, evoca, al pasar, un libro de Rilke, se vale de una idea de Walter Benjamin (aunque no confiesa la deuda), y recuerda un poema de Enrique Lihn (a quien llama simplemente Enrique) que, según él, sintetiza a la perfección el conflicto de *Sobras:* «Un enfermo de gravedad / se masturba para dar señales de vida.»

Antes de que intervenga la editora, Julio deja la sala y se encamina en dirección a Providencia. Media hora después, casi sin darse cuenta, ha llegado al café donde conoció a Gazmuri. Decide quedarse ahí, a la espera de que pase algo importante. Mientras tanto fuma. Toma café y fuma.

V. Dos dibujos

Murió a contramano entorpecien-
do el tránsito.

CHICO BUARQUE

El final de esta historia debería ilusionarnos,
pero no nos ilusiona.

Cierta tarde especialmente larga Julio decide
comenzar dos dibujos. En el primero aparece una
mujer que es María pero también es Emilia: los
ojos oscuros, casi negros de Emilia y el pelo blanco de María; el culo de María, los muslos de Emilia, los pies de María; la espalda de la hija de un
intelectual de derecha; las mejillas de Emilia, la
nariz de María, los labios de María; el torso y los
mínimos pechos de Emilia; el pubis de Emilia.

El segundo dibujo es en teoría más fácil, pero a Julio le resulta dificilísimo, pasa varias semanas realizando bocetos, hasta que da con la imagen deseada:

Es un árbol en precipicio.

Julio cuelga ambas imágenes en el espejo del baño, como si se tratara de fotografías recién reveladas. Y quedan ahí, cubriendo completamente la superficie del espejo. Julio no se atreve a darle un nombre a la mujer que ha dibujado. La llama ella. La ella de él, se entiende. Y le inventa una historia, una historia que no escribe, que no se toma la molestia de escribir.

Como su padre y su madre se niegan a darle dinero, Julio decide instalarse como vendedor en una vereda de Plaza Italia. El negocio funciona: en apenas una semana vende casi la mitad de sus libros. Le pagan especialmente bien por los poemas de Octavio Paz *(Lo mejor de Octavio Paz)* y de Ungaretti *(Vida de un hombre)* y por una antigua edición de las *Obras completas* de Neruda. Se desprende, también, de un diccionario de citas editado por Espasa Calpe, de un ensayo de Claudio Giaconi sobre Gógol, de un par de novelas de Cristina Peri Rossi que nunca ha leído y, por último, de *Alhué,* de González Vera, y de *Fermina Márquez,* de Valéry Larbaud, dos novelas que sí ha leído, y muchas veces, pero que ya nunca volverá a leer.

Destina parte del dinero de la venta a documentarse sobre los bonsáis. Compra manuales y revistas especializadas, que descifra con metódica ansiedad. Uno de los manuales, quizás el menos útil pero también el más propicio para un aficionado, comienza así:

Un bonsái es una réplica artística de un árbol en miniatura. Consta de dos elementos:

73

el árbol vivo y el recipiente. Los dos elementos tienen que estar en armonía y la selección de la maceta apropiada para un árbol es casi una forma de arte por sí misma. La planta puede ser una enredadera, un arbusto o un árbol, pero naturalmente se alude a él como árbol. El recipiente es normalmente una maceta o bloque de roca interesante. Un bonsái nunca se llama árbol bonsái. La palabra ya incluye al elemento vivo. Una vez fuera de la maceta, el árbol deja de ser un bonsái.

Julio memoriza la definición, porque le gusta eso de que una roca pueda ser considerada interesante y le parecen oportunas las diversas precisiones dadas en el párrafo. «La selección de la maceta apropiada para un árbol es casi una forma de arte por sí misma», piensa y repite, hasta convencerse de que hay, allí, una información esencial. Se avergüenza, entonces, de *Bonsái,* su novela improvisada, su novela innecesaria, cuyo protagonista no sabe, ni siquiera, que la elección de una maceta es una forma de arte por sí misma, que un bonsái no es un árbol bonsái porque la palabra ya contiene al elemento vivo.

Cuidar un bonsái es como escribir, piensa Julio. Escribir es como cuidar un bonsái, piensa Julio.

Por las mañanas busca, a regañadientes, un trabajo estable. Regresa a casa a media tarde y apenas come algo antes de aplicarse a revisar los manuales: procura la mayor sistematicidad, invadido como está por un atisbo de plenitud. Lee hasta que lo vence el sueño. Lee sobre las enfermedades más comunes entre los bonsáis, sobre la pulverización de las hojas, sobre la poda, sobre el alambrado. Consigue, por último, semillas y herramientas.

Y lo hace. Hace un bonsái.

Es una mujer, una mujer joven.

Eso es todo lo que María alcanza a saber sobre Emilia. El muerto es una muerta, una mujer joven, dice alguien a sus espaldas. Una mujer joven se ha tirado al metro en Antón Martín. Por un momento María piensa en acercarse al lugar de los hechos pero de inmediato reprime el impulso. Sale del metro pensando en el presunto rostro de aquella mujer joven que acaba de suicidarse. Piensa en ella misma, alguna vez, menos triste pero más desesperada que ahora. Piensa en una casa de Chile, de Santiago de Chile, en un jardín de esa casa. Un jardín sin flores y sin árboles que sin embargo tiene derecho –piensa– a ser llamado jardín, pues es un jardín, indudablemente es un jardín. Recuerda esa canción de Violeta Parra: «Las flores de mi jardín / han de ser mis enfermeras.» Camina hacia la librería Fuentetaja, donde quedó de juntarse con un pretendiente que tiene. No importa el nombre del pretendiente, salvo porque en el trayecto piensa, de pronto, en él, pero también en la librería y en las putas de la calle Montera y también en otras putas de otras calles que no vienen al caso, y en una película, en el nombre de una película que vio hace cinco o seis años. Es así como empieza a distraerse de la historia de Emilia, de esta historia. María desaparece de camino a la librería Fuentetaja. Se aleja del cadáver de Emilia y comienza a desaparecer para siempre de esta historia.

Ya se fue.

Ahora queda Emilia, sola, interrumpiendo el funcionamiento del metro.

Muy lejos del cadáver de Emilia, allá, acá, en Santiago de Chile, Anita escucha una más de las ya habituales confesiones de su madre, los problemas conyugales de su madre, que parecen interminables y que Anita analiza con enojosa complicidad, como si fueran problemas propios y en cierto modo aliviada de que no sean problemas propios.

Andrés, en cambio, está nervioso: dentro de diez minutos comenzará un chequeo médico, y aunque no hay el menor indicio de enfermedad, de pronto le parece claro que durante los próximos días va a recibir noticias espantosas. Piensa, entonces, en sus hijas, y en Anita y en alguien más, en alguna otra mujer a la que siempre recuerda, incluso cuando no parece oportuno recordar a nadie. Justo entonces ve salir a un anciano que camina con expresión satisfecha, calculando los pasos, tanteándose los bolsillos en busca de cigarros o de monedas. Andrés comprende que ha llegado su turno, que ahora le tocan los exámenes de sangre de rutina, y luego las radiografías de rutina, y pronto, quizás, el scanner de rutina. El anciano que acaba de abandonar el lugar es Gazmuri. No se saludaron, no se conocen ni se conocerán. Gazmuri está feliz, pues no se muere: se aleja de la clínica pensando en que no se muere, en que hay pocas cosas en la vida tan agradables como saber que uno no se muere. Una vez más, piensa, me salvé raspando.

La primera noche en el mundo con Emilia muerta, Julio duerme mal, pero por entonces ya está acostumbrado a dormir mal, por culpa de la ansiedad. Desde hace meses espera el momento en que el bonsái se encamine a su forma perfecta, la forma serena y noble que ha previsto.

El árbol sigue el curso que señalan los alambres. Dentro de pocos años, pretende Julio, será, por fin, idéntico al dibujo. Las cuatro o cinco ve-

78

ces que despierta aquella noche las aprovecha para observar el bonsái. Entre medio sueña con algo así como un desierto o una playa, un lugar con arena, donde tres personas miran hacia el sol o hacia el cielo, como si estuvieran de vacaciones o como si hubieran muerto sin darse cuenta mientras tomaban sol. De pronto aparece un oso de color morado. Un oso muy grande que lenta, pesadamente se acerca a los cuerpos y con igual lentitud comienza a caminar alrededor de ellos, hasta completar un círculo.

Quiero terminar la historia de Julio, pero la historia de Julio no termina, ese es el problema.

La historia de Julio no termina, o bien termina así:

Julio se entera del suicidio de Emilia recién un año o un año y medio más tarde. La noticia se la da Andrés, que ha ido con Anita y las dos niñas a una feria del libro infantil que se realiza en el Parque Bustamante. En el stand de Editorial Recrea figura Julio, de vendedor, un trabajo mal pagado pero muy sencillo. Julio parece feliz, porque es el último día de la feria, vale decir que desde mañana podrá volver a ocuparse del bonsái. El encuentro con Anita es equívoco: al principio Julio no la reconoce, pero Anita cree que está fingiendo, que la reconoce pero le desagrada coincidir con ella. Con cierta molestia aclara su identidad y, de paso, puntualiza que lleva varios años separada de Andrés, a quien Julio conoció vagamente durante los últimos días o las últimas páginas de su relación con Emilia. Torpemente, para hacer conversación, Julio pide detalles, intenta comprender por qué si están separados actúan juntos, ahora, un irreprochable paseo familiar. Pero ni Anita ni Andrés tienen una buena respuesta para las impertinencias de Julio.

Recién en el momento de la despedida, Julio hace la pregunta que debería haber realizado en un comienzo. Anita lo mira, nerviosa, y no contesta. Se va con las niñas a comprar manzanas confitadas. Es Andrés quien se queda, y le resume malamente una historia muy larga que nadie conoce bien, una historia común cuya única particularidad es que nadie sabe contarla bien. Andrés dice, entonces, que Emilia tuvo un accidente, y como Julio no reacciona, no le pregunta nada, Andrés precisa: Emilia está muerta. Se tiró al metro o algo así, la verdad es que no lo sé. Estaba metida en drogas, parece, aunque en realidad no, no creo. Murió, la enterraron en Madrid, eso sí es seguro.

Una hora más tarde Julio recibe su salario: tres billetes de diez mil pesos con los que había

81

pensado arreglárselas por lo menos durante las dos semanas siguientes. En lugar de caminar hacia su departamento detiene un taxi y le pide al chofer que conduzca treinta mil pesos. Le repite, le explica y hasta le da el dinero por adelantado al taxista: que siga cualquier dirección, que vaya en círculos, en diagonales, da lo mismo, me bajo de su taxi cuando se enteren los treinta mil pesos.

Es un viaje largo, sin música, de Providencia hasta Las Rejas, y luego, de regreso, Estación Central, Avenida Matta, Avenida Grecia, Tobalaba, Providencia, Bellavista. Durante el trayecto Julio no contesta ninguna de las preguntas que le hace el taxista. No lo escucha.

Santiago de Chile, 25 de abril de 2005

EPÍLOGO: LA SUSTRACCIÓN

Empezamos mal, o sea bien, o sea con ese balbuceo dubitativo y envolvente que mucho más adelante –y decir «mucho más adelante» en un libro de ochenta y dos páginas no es contradictorio, porque «mucho más adelante» quiere decir años, y quiere decir varios ascensos y varias caídas de sus protagonistas, y quiere decir la aparición de personajes secundarios fundamentales con ascensos y caídas propios– se transforma en una fuerza centrífuga con una capacidad de impacto peligrosa.

Empezamos con la frase, posiblemente una de las mejores frases de arranque de la literatura en español, que dice: «Al final ella muere y él se queda solo.» Luego de ese preanuncio extraordinario, el libro inicia su trabajo de zozobra: sabe dónde va pero simula no saberlo. La voz que narra despliega su merodeo, ovilla a sus personajes en un destino que les impone y del que, a la vez, los cuida: «Pongamos que ella se llama o se llamaba Emilia y que él se llama, se llamaba y se sigue llamando Julio. Julio y Emilia. Al final Emilia muere y Julio no muere. El resto es literatura.» Y luego de eso, el libro empieza.

Pero ya empezó antes. Mucho antes. Porque ese es el trabajo que hace *Bonsái,* la primera novela del chileno Alejandro Zambra y el primero de todos sus libros publicados por Anagrama, hace ya dieciséis años: extraer esta historia de un pasado que no forma parte del relato –pero que tiene peso, densidad, gravitación–, y avanzar dando saltos de cinco, de diez años, sin que sepamos nada de los protagonistas en esos lapsos y, a decir verdad, sin que sepamos nada de los protagonistas en general. Ni de Julio ni de Emilia. Y mucho menos de Anita, de Andrés, de Gazmuri, de María. No sabemos nada –en el sentido usual de «saber»: cuál es el pasado que produjo este presente, cuál el sustrato afectivo, cuáles los traumas y las alegrías que colocaron a los personajes donde están–, pero su suerte y su desgracia nos interesan como si fueran familiares, o nosotros mismos más jóvenes o más viejos.

Y es ese narrador omnisciente pero indeciso, vacilante, que contempla a sus criaturas con sospecha, humor y distancia, lo que le otorga a *Bon-*

sái su escalofriante sensación de vida: de que todo eso sucedió, sucede, sucederá. De que, a pesar de lo que dice, no es literatura.

La novela tiene un mito de origen que Zambra ha contado en varias entrevistas y en un texto suyo llamado «Árboles cerrados»: «hace nueve años, una mañana de 1998, encontré en el diario la fotografía de un árbol cubierto por una tela transparente. La imagen pertenecía a la serie *Wrapped Trees,* de Christo & Jeanne-Claude [...]. Y luego di con los bonsáis, tan parecidos, en un sentido, a los árboles de Christo & Jeanne-Claude [...]. Escribir es como cuidar un bonsái, pensé entonces, pienso ahora: escribir es podar el ramaje hasta hacer visible una forma que ya estaba allí, agazapada [...]. Quería escribir –quería leer– un libro que se llamara *Bonsái,* pero no sabía cómo: tenía solo el título y un puñado de poemas que crecía y decrecía con el paso de los meses.»

Aquí, un punto. Zambra es poeta. Su primera publicación fue un libro de poesía –*Bahía inútil,* 1998– y la segunda, *Mudanza,* de 2003, también. *Mudanza* es un largo poema que condensa un tono en el que se conjugan hebras de melancolía, mordacidad, elegancia y ráfagas de un fraseo casi bélico que, sin embargo, está dotado de enorme delicadeza. Los versos operan como una broca hundiéndose en un poema que emerge y se escabulle entre capas de aliteraciones, ese hilo fantasma con el que Zambra logra texturas de toda clase, desde la amenaza hasta la hipnosis:

Me dijeron que avisara treinta días
antes me dijeron que avisara treinta
veces al menos me dijeron que al
menos avisara treinta veces y que
en días como estos no se debe
—no se puede— trabajar. Que me fuera,
que dos cuadras más abajo preguntara
si quedaba sopa para uno si quedaba media
botella para uno me dijeron que a medias
quedaba una botella
y tenían razón:
si te gusta te gusta
si no te gusta no te gusta no más
me dijeron que tenían razón y tenían razón.

Quizás *Mudanza* sea la piedra de toque para entender dónde empezó todo, cómo Zambra devino lo que es: un escritor con oído absoluto. Con un sentido impecable del *tempo* —es un maestro de la puntuación y del empleo de los tiempos verbales, que en *Bonsái* fluctúan entre un pasado que inyecta nostalgia, un presente que inyecta inminencia, un futuro que inyecta inevitabilidad–, quiebra el espinazo de las frases, construye un camino de oraciones secas como restos, y luego se desliza por la colina lenta de una sentencia larga, suspirada, como si algo que hubiera permanecido jadeando con esfuerzo pudiera, al fin, respirar: «El marido de Anita se llamaba Andrés, o Leonardo. Quedemos en que su nombre era Andrés y no Leonardo. Quedemos en que Anita estaba despierta y Andrés semidormido y las dos niñas durmiendo la noche en que imprevistamente llegó Emilia a visitarlos.»

A lo largo de esta cortísima novela, Zambra trabaja con el lenguaje de tal manera que, sin consignar el sufrimiento, produce sufrimiento, sin consignar la desazón, produce desazón, y logra que la historia, que al principio es casi ligera –dos estudiantes enamorados fuman marihuana, tienen sexo, intentan deslumbrarse con comentarios inteligentes sobre literatura, son moderadamente felices–, alcance una densidad angustiante. El efecto es el de un libro aquejado de necesidad: cada párrafo es imprescindible, nada le falta, nada le sobra.

«La controvertida belleza de los bonsáis me remitía a una escena o a una historia que no deseaba contar sino solamente evocar: la historia de un hombre que en vez de escribir –de vivir– prefería quedarse en casa observando el crecimiento de un árbol», escribe Zambra en «Árboles cerrados». Poco más adelante, una frase lo explica todo y demuestra lo que la lúcida potencia narrativa del autor puede hacer: elaborar un proyecto casi matemático y ejecutarlo como lo ejecutan los poetas, en un trance, en un rapto de –no hay que pedir perdón por las palabras– inspiración: «No quería escribir una novela, sino un resumen de novela. [...] Eso hice, eso intenté hacer: resumir las escenas de un libro inexistente.» Y eso, el resumen de un libro que no existe, es *Bonsái*. Que, por lo demás, es una historia de amor.

Julio y Emilia, compañeros de estudios en la carrera de literatura que no se caen particularmente bien –a él le desagrada que ella haga tantas preguntas en clase, a ella le desagrada que él apruebe las materias aunque casi no asiste a la universidad–, duermen juntos por primera vez luego de pasar la noche preparando un examen de Sintaxis Española II. «Cuando Julio se enamoró de Emilia toda diversión y todo sufrimiento previos a la diversión y al sufrimiento que le deparaba Emilia pasaron a ser simples remedos de la diversión y del sufrimiento verdaderos», escribe Zambra en *Bonsái*.

Apenas después, el libro –y el vínculo– comienza a enrarecerse producto de una mentira.

No es una mentira cualquiera: Julio y Emilia son dos enfermos de literatura, la estudian, la comentan, la discuten. Entonces, esa es una mentira fundante: ambos dicen que han leído *En busca del tiempo perdido,* de Proust, pero ninguno de los dos lo ha hecho. Para lograr verosimilitud, inventan detalles estremecedores: él asegura que lo leyó a los diecisiete años, durante un verano en Quintero; ella, que tardó cinco meses en leer los siete tomos, que fueron «los meses más importantes de [su] vida como lectora». Sostienen durante mucho tiempo esa farsa que los envenena de a poco. Un día, leen juntos «Tantalia», un cuento de Macedonio Fernández acerca de una pareja que «decide comprar una plantita para conservarla como símbolo del amor que los une. Tardíamente se dan cuenta de que si la plantita se muere, con ella también morirá el amor que los une». El cuento los afecta por motivos que no son capaces de entender y que el lector comprende perfectamente: se trata de una premonición. Aun así, siguen juntos, son bastante felices. Hasta que deciden leer a Proust, siempre sin confesar que no lo han leído, de modo que se ven obligados a fingir que lo releen. Cuando llegan a la página 373 de *Por el camino de Swann,* la relación termina. Zambra no dice por qué, pero sabemos por qué: por «Tantalia», por la literatura, por la vida. «La historia de Julio y Emilia continúa pero no sigue. Va a terminar unos años más tarde, con la muerte de Emilia; Julio, que no muere, que no morirá, que no ha muerto, continúa pero decide no seguir. Lo mismo Emilia: por ahora decide no seguir pero continúa. Dentro de algunos años ya no continuará y ya no seguirá.»

Pero el libro sigue. Y lo que hace el libro para seguir es retroceder.

Bonsái está dividido en cinco partes –«Bulto», «Tantalia», «Préstamos», «Sobras», «Dos dibujos»–, y la sección «Préstamos» se enfoca solo en Emilia, separando así, brutalmente, aquello que parecía simbiótico: la pareja que, en la página anterior, había terminado con un crujido. Zambra no dice «Ahora empieza la tristeza»: hace que la tristeza empiece con un movimiento del texto. Con esa imposición, con ese cambio de reglas –eran dos, ahora es una–, el lector experimenta un doloroso despertar o un desengaño: el mismo que se siente en la vida real cuando el hechizo se rompe al comprender que el sujeto del que uno se ha enamorado en puro presente –con él o ella quiero hacerlo todo–, y con proyección al futuro –que sea para siempre–, tiene un pasado. Y se sabe: en el pasado habitan monstruos.

El libro se ocupa de Emilia, de una infancia y una juventud compartidas con su amiga Anita. Vuelve a narrar, desde otro punto de vista, el momento en que conoce a Julio y el final de esa relación; relata la historia de Anita y su marido, Andrés; avanza por las miserias de un matrimonio en ruinas. Pocos párrafos más adelante, en otro salto temporal, Emilia ya no es esa joven enferma de literatura enamorada de Julio. Ahora vive en un piso mugriento y abarrotado, en un barrio marginal de Madrid, y es posiblemente adicta a algo. Cualquiera puede preguntarse: ¿qué pasó? Y la respuesta que tiene *Bonsái* es simple y brutal: pasó la vida.

Luego la novela hace lo que desde hace rato quiere —o amenaza con— hacer: se transforma en una de esas escaleras que no van a ninguna parte dibujadas por el artista holandés Maurits Cornelis Escher, escaleras que modifican su perspectiva, que no suben ni bajan sino que suben y bajan, y que Escher explicaba diciendo: «Mis obras consisten básicamente en la división regular del plano y en la convivencia simultánea.»

En la siguiente sección, «Sobras», hay otro salto temporal. Julio vive ahora en un subsuelo, se gana la vida dando clases de latín dos veces por semana, parece gastado, sin rumbo, carente de ilusión. En una entrevista publicada por el diario argentino *Página/12* en 2007, Zambra, hablando de *Bonsái,* decía: «Para los jóvenes, la literatura fue como un remezón y respondimos a ese remezón con fanatismo. Y digo fanatismo, queriendo decir fanatismo: confiamos mucho en los libros y no hay que confiar tanto. A los personajes de *Bonsái* les pasa que "compran", creen el cuento y el mundo los deja hablando solos.»

Un día, Julio se encuentra en un café con Gazmuri, un escritor un poco gris que acaba de poner el punto final a su sexta o séptima novela en varios cuadernos manuscritos y necesita quien la transcriba: Julio puede ser esa persona. Gazmuri le cuenta el argumento. Y el argumento es el de *Bonsái:* Gazmuri le cuenta, al protagonista de la novela, la novela que el protagonista está *viviendo.* Para entonces, Julio ha comenzado una relación con su vecina María. Finalmente, Gazmuri decide no contratarlo pero Julio miente –otra vez– diciéndole a María que empezará a trabajar en la transcripción esa misma tarde. Cuando María le pregunta de qué trata el libro, Julio responde que es acerca de un hombre que «se entera por la radio de que un amor de juventud ha muerto». Y que el título es *Bonsái.* Desde ese momento, finge encuentros con Gazmuri y, para que la mentira sea plausible, comienza a escribir una novela en la que «prácticamente no pasa nada, el argumento da para un cuento de dos páginas, un cuento quizás no muy bueno». Un día, impensadamente, hace dos dibujos. Uno de María. Otro de un bonsái. Se obsesiona con esos árboles en miniatura: compra manuales, revistas especializadas. «Cuidar un bonsái es como escribir, piensa Julio. Escribir es como cuidar un bonsái, piensa Julio», escribe Zambra (que ya ha pensado eso antes). Julio compra semillas, herramientas y hace un bonsái. Y lo cuida. Y no escribe sobre eso.

Así, *Bonsái* es la novela que escribe Zambra sobre Julio, que, a su vez, escribe la novela de Gazmuri, que, a su vez, narra la historia real del personaje falso o la historia falsa del personaje real llamado Julio, que, a su vez, termina siendo la novela de Zambra.

Hay que imaginar a Zambra, entonces, dividiendo el plano para otorgarle convivencia simultánea: el pasado y el presente se mezclan en círculos concéntricos; el autor real convive con el autor hipotético; los personajes lo ignoran –desesperantemente– todo; la novela se escribe a sí misma. Un sistema de encastres, un laberinto de espejos, un mecanismo de capas, un relato con subsuelo: una hermosa novela generacional sobre dos personas que alguna vez se quisieron en el

Chile de fines del siglo XX, una pavorosa novela sobre la decadencia y el paso del tiempo, una compleja novela acerca de procedimientos literarios. Un cristal transparente o una caja blindada.

En el final sucede lo que se anuncia al principio: la muerte de Emilia. Es una muerte que no se muestra ni se explica. Las cosas pasan y no sabemos por qué pasan las cosas. Pero sí sabemos: porque «Tantalia», porque la literatura, porque la vida. Julio se entera de esa muerte mucho tiempo después. Hace años que él y Emilia orbitan en mundos separados y esa desconexión es desgarradora: lo que alguna vez pareció tan importante puede desaparecer. O su versión mortífera: se puede vivir sin lo que alguna vez pareció tan importante.

En la escena de cierre, Julio sube a un taxi, le da el magro salario que acaba de cobrar al chofer y le pide que conduzca. Si hubiera cámaras, el libro terminaría con un primer plano de su rostro mirando sin ver hacia adelante mientras, por supuesto, no deja de mirar hacia atrás.

Si es asombroso que un autor dé una primera novela como esta, que viajó hasta hoy intacta en sus capacidades, resulta más asombroso que años después, en 2020, ese mismo autor publicara una novela de cuatrocientas veinticuatro páginas que es una expansión de *Bonsái,* la suma de todas sus partes: sus personajes chilenísimos, su humor entrañable, su nostalgia, su impresionante voluntad de estilo, su clima de época, la idea de la literatura como herramienta de daño. Esa novela se titula *Poeta chileno* y hace que la obra de Zambra sea, ahora, un puente sostenido en ambos extremos por dos clásicos contemporáneos. Vendrán más.

Leila Guerriero

ÍNDICE